가을

한

폭

도서출판
작가마을

가을 한 폭

초판인쇄 | 2017년 12월 5일 **초판발행** | 2017년 12월 10일
지은이 | 남경숙 **주간** | 배재경 **펴낸이** | 배재도 **펴낸곳** | 도서출판 작가마을
등록 | 2002년 8월 29일(제 2002-000012호)
주소 | 부산광역시 중구 대청로 141번길 15-1 대륙빌딩 301호
T. 051)248-4145, 2598 F. 051)248-0723 E. seepoet@hanmail.net

국립중앙도서관 출판예정도서목록(CIP)

가을 한 폭 : 남경숙 시집 / 지은이: 남경숙. ― 부산 : 작가마을, 2017
    p. ;   cm

ISBN 979-11-5606-089-5 03810 : ₩9000

한국 현대시[韓國現代詩]
811.7-KDC6
895.715-DDC23   CIP2017032089

본 도서는 부산광역시, 부산문화재단 지역문화예술특성화사업으로 지원을 받았습니다.

가을 한 폭

— 남경숙 시집

언제부터인지는 몰라도 가끔
시간이 나면 동네 뒷산에 올라간다.
이 여유롭고 편안한 즐거움을 위해
갈증 나는 욕심을 버려야 한다.

내려가는 길
미끄러지지 않으려면
발바닥만 살짝 옆으로 돌리면 되는데
그걸 못 참고 곁가지에 눈인사까지 한다.

많은 걸 담으려는 욕망을 버려야 한다면서도
문학의 놀이터에서 신명나게 노는 사이
글 보다는 흰 머리가 늘고
허접한 추억들만 가득히 갈무리 되어 있다.

모든 인연을 소중히 간직 하고 싶다.
마음을 씻고 알짜배기 추억으로 갈고 또 닦으리라.

가진 것에 감사하며
주위의 모든 것을 사랑하면서
내일도 오늘처럼 허전하지 않게
누구를 위안하는 반려자가 되고 싶은 나의 시詩다.

어느 가을날에

佳林 남 경 숙

남경숙 시집

·차례

005·자서

1부 자연에 취하다

015·눈꽃
016·연초록 시간
018·茶香
019·찔레꽃
020·제비꽃의 삶
021·귀향별곡
022·토우
023·동백잎
024·태풍 '고니'
025·아침 풍경
026·목마른 섬진강
027·이 가을엔

가을 한 폭

2부 지금 이 자리

031 · 서운암 시화전
032 · 월정사에서
033 · 전등사 나부상
034 · 북대암
035 · 명당 부도탑
036 · 지음
037 · 지금 이 자리
038 · 연꽃 터지는 소리
039 · 오류
040 · 선문답
041 · 윤회

남경숙 시집

3부 빛나는 혼

045 · 오륙도 1

046 · 오륙도 2

047 · 통영거리

048 · 빛나는 혼

049 · 남해 양떼목장

050 · 모태

052 · 부용대

053 · 지심도 고사목

054 · 와인 두 잔

056 · 그곳

가을 한 폭

4부 　이국향

059・증도

060・소호리에서

061・남이섬

062・김광석 거리

064・어방축제

065・베나르씨에게

066・요세미티 호텔

067・난다나 카페

068・캘리코 은광촌

남경숙 시집

5부 　삶이 좋다

073 · 우리

074 · 그냥 다 좋다

076 · 순응

077 · 얼굴

078 · 웃음 셋

079 · 내 사랑

080 · 가을 한 폭

082 · 칠면초

084 · 민망

085 · 비우기

086 · 우체국 밖에서

088 · 그리울 때는

089 · 왜?

가을 한 폭

6부　사랑에 젖고

093 · 그대의 향기

094 · 가을 몸짓

095 · 젖고 젖어

096 · 당신의 바램

097 · 그대 목소리

098 · 그냥

099 · 첫 돌

100 · 아기요정

101 · 문학기행

102 · 영화 사도

103 · 어느 신명난 합창단

104 · 삶의 여유와 귀향의 시학

　　　−정영자(문학평론가. 한국문인협회 고문)

제1부

자연에 취하다

눈꽃

움은 터졌는데
봉오리도 맺지 않고 향기도 없다

매서운 추위에 맞서려면
서로 친하게 엉겨 붙어야
탐스런 눈꽃으로 태어난다기에
오늘도 상승과 하강으로 단련한다

침묵해도 화려하지 않은
순백색으로 어깨 죽지에 내려앉아
포근히 감싸주는 아량은 그대의 몫

연초록 시간

얼마나 좋으면
얼마나 기쁘면
얼마나 즐거우면
너처럼 동그란 웃음 지을까

태초의 우주도
동그랗게 태어나
둥글게 둥글게 살았을 거야

티 없이 맑은 웃음
덩달아 웃으니
근심걱정이 다 달아났네

널 닮고 싶다
촘촘히 감추었던 속내
하얀 웃음으로 날려 보낸다

웃는 법 가르쳐 준 이쁜 아가야

이제부터 참 편안하구나

할미는 복이 참 많단다

차향茶香

엄마 젖의 단맛을 향기로 알았던지
서른 날을 하루 앞 둔 우리 아기
새근새근 한결같은 숨소리가 예쁘다

당관에서 올라오는 은은한 차향기
먼저 취한 할미랑 더도 말고 덜도 말고
이대로 닮았다 하면 어찌 좋지 않으리

찔레꽃

돌담길 찔레꽃 하얀 향기는
무채색을 더듬어 온
낮은 울음의 빛깔인가
신명의 소리 간 데 없고
눈물처럼 그렁그렁 피어나는
하얀꽃

제비꽃의 삶

돌담 틈 사이
내 집이 있어요

작아도 소문났어요
큰 집에 산다고

내 뒷머리 보고
오랑캐꽃이라고 아는 척 하지만
화내지 않는 것은
너무 소중한 물주머니 다칠까봐
그냥 조심조심 하며 살아요

벌에게 꿀을
개미에게 엘라이오좀을 주었더니
내 작은 씨앗을 멀리멀리 보내 주네요
내년에는 더 많은 꽃 피울 에너지를 준다네요

인생은 어차피 주고받고 사는 거

귀향별곡

대낮인데도 이리 캄캄한 것은
눈물이 고여 보이지 않기 때문이다

어찌 이리 고요한가 했더니
심장이 멎어 들리지 않았음이다

삼십여 년 타향살이 했다고
왠지 고향 찾는 발길이 어설프다

듬성듬성한 흰 머리카락
화환처럼 덮어쓰니 아는 이 없다

그래도 무너진 돌담 사이로 들어가
무쇠 솥 아궁이에 군불 지피는 마음

금의환향이라 불러주면 참 좋으련만
몰라줘도 따뜻한 내 고향 그 냄새

토우

부산의 동쪽 끝
대변항 바라다본다
가지각색 토우들이
제멋대로 노래 부른다

시월의 마지막 밤을 위하여
세상의 숨소리 가라앉히는
속 깊은 바람 부는 서늘한 뜰에서
풍성하게 익어가는 밤의 귀를 여는 토우들

가을 숲으로 물들어가는
해당화를 위하여
기도하는 소리 간간히 들린다
긴 뱃고동 소리도

동백 잎

가을이 풍경을 데리고 와서
꽃망울 자글거리는
푸른 숲 속 길을
자꾸 걸어가게 한다
때맞춰 텃새의 가느다란 소리 들리고
틈틈이 푸른 하늘을 보여주며
붉은 꽃 대신
동백 잎이 더 반짝이는
눈부시는 오동도

태풍 '고니'

천지를 뒤집을 바람소리
갈 길 바쁜 승용차
그 속으로 뛰어든다

어느 여류 시인이 쓴
"한계령을 위한 연가"에 빠졌던 남자
엉크러진 머리도 고상했던 그 남자
둘인데도 고립되니 불안한가 보다

고니의 날갯짓이 분노라면서
사납던 태풍을 향해
알 수 없는 분노를 퍼부으니
동해 쪽으로 자취를 감추었다

무 . 장 . 해 . 제
송정 바닷가 한적한 커피숍
뜨거운 원두커피 두 잔
싸늘한 손을 서로 만져주고 있다

아침 풍경

누가 기다리는 듯이
아파트 하늘공원을 걷다보면
걸음걸이가 점점 경쾌해진다

새 한 마리 푸드득
한참을 넋 놓고 있는 사이
친구 새들과 함께 날아간다

저 새가 부럽다
나도 바람처럼 여기저기 가고 싶다
바쁘게 사는 이웃이 소중한 아침이다

목마른 섬진강

남녘으로 길게 누운 강줄기
바람 따라 소리 없이 물결은 일고
땡볕에 지친 은모래는
물가에 앉아 있어도 목이 마르다

재첩, 털개, 은어, 나룻배...
더위에도 싱싱한데
낚시 드리운 강태공은
연신 물만 애타게 찾는다

이 가을엔

문득 어디로 떠나고 싶을 때
여기가 그 곳이면 좋겠어
가끔 외로워질 때 떠오르는 사람이
나였으면 좋겠어

오늘
두 손 맞잡을 수 있다면
맘껏 수다 떨 수 있다면
우리 가슴은 덜컹거릴 거야
기쁨이 꽉 차서 말이야

커피 향에 취할 때 쯤
가을은 자꾸만 짙어지고
너와 내가 곱게 맞춘 엇박자 화음
그래도 지난 세월이 서럽지 않구나
올드팝 서너 곡에 40년 세월이 단풍처럼 곱다

제2부

●

지금 이 자리

●
●

서운암 시화전

내려쬐는 햇살에 금낭화가 다 젖는다
이름 모를 들꽃은 절로 하늘거리고
펄럭이는 시화 깃발만 제 흥에 겹다

맛좋은 서운암표 된장과 고추장
흥을 돋우는 공작새의 날갯짓처럼
절간에서 터득한 목어 울음에
한낮은 무르익어만 간다

허공에 수를 놓은 성파 스님의 시조는
바라밀 그물 놓아 무연중생 건져내고
꽃 닮은 문인들이 서운암을 들었다 놓았다
물결처럼 출렁출렁 암자가 원광에 싸인다

월정사에서

수채화 같은 길을 따라
일주문 대신 성황각을 만났다

일몰 직전 석양처럼 느슨한
인생의 가을 길 따라
합장의 삼배를 거쳐
법당에 앉았다

아름다운 세상 염원하는 마음보다
무념무상의 합장 드리며
문수보살 지혜에 안겨드는
온화했던 하룻밤

목탁소리 청량한
새벽예불 참석하고는
잠시나마
지난 시간들 지워내려고
성황각을 나선다

전등사 나부상

그리워 그리워 남몰래 그리워
대웅전 처마 밑에
나만 알게 앉혀두고

오른손 올려
양손 다 올려
환하게 웃어도 봐
때로는 슬픈 모습도 보여주면서

나만이 볼 수 있고 느낄 수 있게
벌거벗은 당신을 몰래몰래 보리다

법당에 계신 부처님도 모르게
처마 밑에 웅크리게 하고는

술 마실 때마다 몰래 쳐다보는 그 여인
혹시나 들키면 벌 받는 중이라고
변명거리 만들면서도 신이 났던 대목수

북대암

산길 걷기 좋은 날이다
무광으로 빛나는
기이한 절벽과 바윗돌들
이어서 손짓 한다

에음길 오르고 올라
부처님과 마주 앉아 숨 고를 때면
비길 때 없는 맑은 하늘
청아한 바람소리 지핀다

가르마처럼
정갈하고 반듯한
운문사 저만치
내 발길 묶고 있는 아담한 산사

명당 부도탑

정적은 중생 몰래 신비의 성을 쌓고

세월은 이끼마다 정념의 뜻 세운다

저 하늘 맞닿은 경계 의연한 산봉우리

지음知音

공허를 달래려고
무심코 너의 이름을 불러 본다
고향 떠나 삼십 여년 세월을
교직에 몸담고
지금은 첼로의 선율로 달래는
맑고 예쁜 널 그리면서

박화성 문학관에서 바라보는 목포항
남몰래 나직이 속삭이는데
너 없는 무심한 시간이
빈 가슴 속에서 요동친다

지금도
내 목소리 듣고 있는지
무심한 돌 하나 주워
밀려오는 파도에 던져 보낸다

지금 이 자리

누가 지금 이 자리에서
고요를 그리워했던가
평온을 그리워했던가
아니면 유토피아를 원했던가

새 한 마리 유유히 날 뿐
등대의 깃발마저 나직이 펄럭이는데
안개만이 자욱한 이 자리
이대로 시장이 느껴지고
잠시 배뇨가 느껴진다

호수 같은 바다 저 멀리
한적한 도로 위에서는
가로등이 켜지고
개운한 새벽이 자리 잡는다

연꽃 터지는 소리

밤새 잠 설쳐 느린 걸음으로 오는데
저만치 기차는 눈 비비며 달려간다

연꽃 터지는 소리 들으려 왔는데
튼실한 연밥만이 말없이 반겨주네

시기를 놓쳤다고 나무라는 사이
보란 듯이 궂은 비 내리고
나는 비를 맞는데
어찌 넌 우산을 쓰고 있네

이 비에 씻기고 씻겨야
몸과 마음도 맑아 질 거야
내년에는 펑펑 연꽃 터지는 소리
꼭 들을 수 있겠네

오류

뜻있는 곳에
길이 있는 것처럼
관광지에 가면
난전에 펴 놓은
생소한 것에 시선이 간다

강화도 보문사 입구
성가시게 보는
시선을 자유롭게 외면하고
함초의 유혹에 그만
서슴없이 빠졌던 일

달게 차려진 육지의 밥상
강화의 나물들이 여행을 왔다
나의 손맛에 잘 따르고 있다
강화의 맛은 어디가고
재미난 맛으로 포장된 함초여

선문답

생각이란 구름
감정이란 천둥
기억이란 노을

생각이란 혼잡
감정이란 격동
기억이란 적요

혜민 스님과 송우님의
안개 낀 아침과 황사 낀 밤에
배달되어 온 메시지

때린다
나의 얄팍함을
나의 게으름을

윤회

신제주 긴 방파제에
또 하나의 동행인은
수행에 관한 얘길 하고 싶어 한다
듣고 묻고 생각을 말하는 사이
같이 걷던 해는 바다로 빠지고

석양의 해는 아침 해 되어 돌아오마 약속하는데
팀진치에 빠져
내가 만든 틀 속에 갇힌 나는
이 세상 끝나고 가는 길에
다시 오마 약속할 수 있을까

억겁 복 지어 돌아온대도
그게 나일까?
내일 아침 태양에게 물어 봐야겠다

제3부

●

빛나는 혼

●

●

오륙도 1

암흑이다
눈을 크게 떠 보아도 해무 뿐
아무것도 없다

남해와 동해의 분기점
오륙도도
다섯 여섯이 아니라 그냥 없다

괭이 갈매기도
가마우지도 간 곳 없고
적막만이 나를 일깨워 준다

시간이 흐를수록
그리움의 그곳에는
천년을 견뎌낸 오륙도가 있다

오륙도 2

너도 보면 그렇지
나도 보니 그렇다
마술 같은 작은 섬

지나가는 뱃고동 소리
다섯 번 들렸다가
여섯 번 들렸다가

제 집처럼 노니는 가마우지
앞등 뒷등 몽땅 다 내주고
오늘도 벌거벗은 오륙도

해돋이 마중과 해넘이 배웅
하루도 거르지 않고
천 년을 버텨 온 외고집

너와 내가 함께 보는 요술 같은 섬
본질을 숨기는 오묘한 그 재주
오륙도 살아있네

통영거리

미륵산 정상에서 보면 빛나지 않는 것이 없다
남망산 공원에서 보면 우뚝 선 이순신장군의 위용에서
부터
"공격하라 " 외치는 목소리까지 이순신공원에서 듣는
다

다도해는 출렁거림도 보석처럼 빛난다
그래서 통영도 빛이 난다

김약국의 딸을 탄생시킨 박경리를 따라가면 토지의 대
장정이 열리고
김춘수의 꽃을 떠라가면 나 또한 꽃처럼 누구의 꽃이
될까

빛나는 혼

유치환의 열정적인 사랑
백석의 깨어진 사랑
모두가 시詩 되어
서로 숨 쉬고 있다
아니 녹아서 스며들고 있다

시가 되어볼까
시인이 되어볼까
아니 파도가 되어보자

통영의 비릿한 혼들
오늘 보니
다 빛나는 혼이다

남해 양떼목장

맑은 구름들 한데 모아 보니
뭉게뭉게 떼지어 뭉치어 있다
여기서 메에에 –
저기서 메에에 –
처음 들어보는 양의 목소리

남해 구름은
자꾸 손이 가고
눈이 가고
귀가 솔깃하다

모태

낙동강을 베고 잔 밤은 짧았다

여명 따라 새벽까지 밀려 온
배춧국이 식탁을 독차지 했다

분주하게 다듬는 손놀림에 놀란
얼굴들
아침 강물처럼
화사하게 피어난다

새벽녘까지 지글대던 황톳방
늦겨울 성찬이었음을
마주보는 얼굴의 눈부심으로 알았다

앞서거니 뒷서거니
물안개 따라 아쉬운 안녕을 하고
강줄기의 모태를 찾아
뚜벅뚜벅 걸어 나오는 좁다란 길
마음이 먼저 나서서 맞는다

낙동강을 베고 잔 밤은 너무 짧았다

부용대

태백산맥 끝자락 높이 솟은 부용대
민얼굴 보여주는 그림 같은 하회마을
천천히 흘러가다가 에둘러 굽이치는

한 시절 북적대던 유림들의 풍류터전
절벽 타고 타오르던 선유줄불 보이는 듯
바람은 줄불 태우려 이리도 시원하다

풍류 속에 감추어진 옛 정취 찾으려고
한가로운 마음이 유혹에 폭 빠져서
흐르는 물을 보면서 그렇게 서 있다

지심도 고사목

분명 죽었다
그러나 아직 떠나지 못하는 고사목
그 슬픔 대신하여 파도가 운다

그 나무 잊지 못해 갈매기 날아 와
마른 가지처럼 날개를 치고
억새밭 가시들 열매 총총 맺을 때
파도는 또 물결을 만들고
더 큰 소리로 운다

와인 두 잔

처음으로
세계와인 파티장에서
와인 구덩이에 빠졌다

에덴동산을 옮겨온 듯한
중문의 밤바다
얽히고설킨 모든 것
여기서만은 잠시 휴식한다

잔속에 빠진 한가위 보름달
두 잔의 와인과 함께
입술을 유혹하는 그 향기

와인과 나 그리고 그대가
와인에 빠져 허우적거리는데
참다못한 귀뚜라미의 울음소리
감히 나무랄 수 있겠나

제주도에서 만난
또 다른 커플들의 애정행위도
한없이 관대해지는 밤이다
내 마음도 풍선처럼 부푸는 그런 밤

그곳

그곳에 닿으면
아픔이 된 그리움
쪽 갈비 연한 맛에 녹아내린다

어깨도 부딪치고
술잔도 부딪치고
광안리 바닷물은 저절로 부딪친다

백여 키로 떨어진 곳에서부터
그만큼 거리 둔 마음 다시 돌아오니
착착 달라붙는 쫀닥한 맛

가슴이 에일수록 그리워지는 곳
그곳에 가면
가슴 불꽃 팡팡 터진다

제4부

●

이국향異國鄉

●

●

증도

엘도라도의 산책길이 생각난다

심호흡하니 밀림이 느껴진다 노을이 살아있는 황금의
땅 소나무 끝에 이는 솔바람

팍팍한 이방인의 초원을 잘근잘근 엮는다

*증도; 신안군에 있는 슬로시티 천사(1004)의 섬

소호리에서

싱그러운 바람이 분다
턴테이블의 바늘이 돌아가면
둘러앉은 이들의 마음이 부드러워진다

별 하나 없는 장마철 어둠 속에서
비틀즈도 슈베르트의 세레나데도
박태준의 동무생각에
우리는 모두 한마음이 된다

여름밤은 더디게 흐르고
적송의 짙은 그림자는
내일을 위해 입 다물지만
나그네 위한 멜로디 속으로
별똥별 하나 둘 떨어지는 밤
추억이 쌓여지는
소호리 레데코마을의 아쉬웠던 밤

*소호리: 울주군에 있는 전원주택마을

남이섬

호수 위를 천천히 걸어가는
초라한 유람선
"겨울 연가" 이야기가 있는
남이섬으로 간다

사랑은 국경이 없다더니
셀 수 없는 나라의 국기들
한데 모여 나부끼는
다정한 사랑의 섬

사랑을 원하는 연인들
눈물만 아니기를 바라고
슬픈 연가 보다
슬쓸한 가을이 좋겠다

따스한 봄의 연가를 떠 올리며
남이 서서 바라보는 섬
임이 되어 마주보는 따스한 섬

김광석 거리

수성교 건너 방천시장에 가면
좁다란 시장 옆길이 있다

여기 오면 나도 모르게
기타를 친다
서른쯤에 빠져서

영원한 사랑을
생각하게 하는
진실의 거리

나도 너처럼 죽어 본 적 있는 가

주변에 널려진 사진과
악보를 보면서
노래하며 기타 친다

줄을 당기는 마음으로
지어보는 어설픈 가사

"다시 걷고 다시 듣고 다시 물들다"

어방축제

젊음의 보컬은
어방축제로 소통한다

"즐기는 것을 즐기자"

저절로 살아나는 몸짓
물결치는 웃음소리
유연한 어방축제의 주인공이다

맛은 멋으로 멋은 맛으로
멋은 흥으로 흥은 멋으로
흥은 빛으로 빛은 흥으로

살맛나는 동네로 살아나는 축제
좌수영 어방이여
영원히 웃어라
그리고 즐겨라

*어방축제 : 광안리에서 4월 전통어촌의 민속인 어방(漁坊)을 주제로 개최하는
　　　　　문화 관광 축제

베나르씨에게

삼천 리 강산을 지키기 위해
대한민국을 사랑하기 위해
부산 유엔공원에 가면
프랑스 사람 베나르씨가 있다

살았을 때
온통 태극기로 집 장식하고
아리랑을 힘차게 부르며
내가 지킨 나라를 사랑한다면서
이곳에 묻히기를 염원한
한국인보다 한국을 더 사랑했던 그 사람
여기 묻혀있다

살기 좋은 나라
행복한 나라로 만들어졌으면 하는
그의 숙제를 한 아름 안고
고개 숙여 묵념 올리니
내 어깨가 더 초라해 보인다

요세미티 호텔

동경해 왔던 이국땅
벽난로 앞 흔들의자에 앉아
옆자리 노부부의 느긋한 여유를
곁눈으로 보며 마냥 부러워했다
여행 안내서를 이리저리 살펴보며
빡빡한 일정을 못내 아쉬워한다

장작 타는 소리에 시간은 붉게 물들고
다시 올 것 같지 않은 아쉬움에
편안한 이의 무릎에 손을 얹고
은은한 커피향속으로 빠져드는 저물녘

세계에서 제일 큰 바위를 바라보며
다시 오겠다고 다짐 했건만
예약이 육 개월이나 밀렸다는 진실에
그만 주눅이 들어 약속하지 못했다

대신 기다리겠노라고 약속하고는
낭만이 흐르는 키 큰 나무에게
손가락 걸어 보았다

난다나 카페

세상을 다 품은 산사의 향기에
후각이 득음에 들었다

단풍이 저절로 붉었을까
금강연은 저절로 맑은 물을 담았을까

고로쇠나무에 매달린
앙증스런 연등도 귀 열고 즐거워한다

지나가는 다람쥐 손뼉 치는 소리에
한 소절 음향이 구름처럼 흩어진다

꽃단풍보다 더 고운 우리네들
도리천 정원 난다나를 만나
가을 속으로 빠진다
금강연 물속으로 빠진다

온통 다 빠져든다

캘리코 은광촌

서부개척 시대의 무성영화가 돌아간다

가지각색 옷 입은 모하비 사막의 은광촌
카우보이 복장의 할아버지 등장하고
백 여 년 전 중국 노동자들이
지친 몸을 달랬던 레스토랑도 나온다

건너편 산은 산화한 은처럼 붉은데
그들은 콜라를 쏘며 햄버거를 마주한다

나이 가늠하기 어려운 한 여자
시간에 갇혀
원시의 관습에 젖어
캘리코의 색깔을 짜 맞춘다

재봉틀 앞에서 퀼트로 무료를 달래고

사라진 웃음 뒤에는

말 발굽소리, 마차 달리는 소리

번쩍이는 은화가

유령 같은 도시를 살리고 있다

제5부

●

삶이 좋다

●
●

우리

오늘의 생체리듬은
엇박자 치는 네 마음 같다

너와 나는 언제부터인가
같아야 할 이유로
세상을 마주보며 지탱했지

오늘은 작은 일로
너를 탓하고
또 나를 탓하면서 중얼거린다

"너" 라고 말하기 전에
"나" 라고 말하기 전에
"우리" 라고 말하고 싶은 걸 어쩌나

그냥 다 좋다

어느덧 예순을 넘고 보니
향 좋은 원두커피도
상큼한 잎차도
마시는 생수도
그냥 다 좋다

입는 것도
보는 것도
보석 꿰듯
다 알차고 중하다

욕심낸다고 모든 게
다 이루어지는 게 아닌데
이순의 지혜를 고마워하며
가진 것에 감사하는 마음
소소한 행복도 알았다

발 디딘 자갈밭에서
저 먼 창공의 새털구름까지
나를 위해 있다는 게

그냥 다 좋다

순응

솜사탕 같은 친구가 왔다
부드러운 웃음을 띠고
무슨 좋은 일 있는 지 물어 보니
혹독한 겨울을 이겼다고 자랑한다

친구가 간단다
치마끈 움켜쥐고 얼굴 붉힌다
무슨 일이냐고 또 물었다
햇살이 너무 따스하다고 눈물 훔친다

친구가 떠난 자리
애틋한 감정이 썰물처럼 밀려와
흥건하다
새순 같은 친구를 닮아가는 나날들

얼굴

기다리다 지친 석양 산마루 넘어가고
밀려오는 산 그림자 저녁상 재촉한다
꼬불꼬불 산등성이 등 굽은 어머니
차린 식탁엔 자식 수만큼 다양하다

자식마다 다른 색깔 다른 입맛
지아비 모난 성격 유별난 손맛

석양 떠난 길 위로 비치는 얼굴
멀리보다 가까이 둘러앉은 밥상머리

식탁의 둥근 그릇마다
엄마의 얼굴, 엄마의 손맛

웃음 셋

뽀송뽀송한 마른 빨래를 개며
룸메이트 팬티 색깔에 보내는 피식 웃음
"고년 참 센스쟁이네"

여유롭게 차린 푸짐한 점심상
시선 사로잡는 교활한 웃음
"요새 이런 여자 돈 주고도 못 사지"

해넘이 보러 이기대를 다녀 온 후
단단해진 허벅지 보며 웃는 웃음
"아직 내 꿀벅지 싱싱하네"

내 사랑

너만 있다면 연말연시가
내 것이 아니어도 좋다

마무리와 시작의 계획서
일기장에 쓰지 않으면 어때

할미 마음 다 가져가는
하나뿐인 내 사랑

천사 같은 깍쟁이

가을 한 폭

카톡으로 날아 온 점심 제의
돌아온 청춘의 예고편처럼
내 마음은 온통 과거로 향한다

강의 노트 가슴에 안고
즐겁게 따라 나온 나의 짝꿍
희색이 만면한 쉼표를 찍는다

그의 어깨에 닿기도 전에
시선 마주 친 가을 남자
저기 서서 빙긋이 웃는다

어느 날 사탕키스를 하고
함께 아침을 맞은 사람답지 않게
자꾸만 배시시 웃는다

새 애인으로 돌아 온 지금
일정한 거리를 두고
가을의 페달를 함께 밟는다

허, 허, 허,
소리나게 웃는 저 환한 표정

칠면초

식욕의 물길을 낸 화려한 접시 위에
칠면초가 융단을 깔았더라

궁금한 미각이 다가갔다
살짝 건드리고 돌아 나온
풍기는 향긋함에
기분은 오글거리듯 분주하고
혓바닥은 야릇한 비늘이 돋아나고
뒤이어 알 수 없는 미각이 흥분한다

이것이 전부가 아니라는 걸
나는 잘 안다
너를 비벼 만든 소금통에서
식탁으로 자리 옮긴 것도
모두가 아니다

아침은 아침대로

점심은 점심대로

또 저녁에는 새로운 입맛으로

물길을 터야하는 넌

픽션의 풀릇이야

민망

그 누가
현명하다고
이성적이라고
나를 칭찬 했던가

가끔은
차갑지도
뜨겁지도 않다고
누가 힐난했던가

살아오면서
표정이 살았다가
죽었다가 하는 사이
내 모습 본 당신

동전 양면처럼
하나만 애기할 때면
그게 아닌데 하고
난 그저 민망 할 따름이다

비우기

한밤중 날 깨운 것은 시차時差
허무가 다가와서 놀잔다

더 이상 자동자도 달리지 않고
네온사인도 꺼져버린
어떤 것도 필요 없는 텅 빈 마음인데
여행을 잠시 접어서
선반에 얹어놓고
스르르 잠을 청한다

얽매임도
말 섞음도 필요 없는
허깨비 같은 나

많은 걸 보고 듣고 왔지만
텅텅 비어 개운하구나
또 다른 시작을 위해
비우고 또 비워야지

우체국 밖에서

어미가 밥상 차려
우체국 저울에 올린다
또르르, 또르르
흔들리는 눈금처럼 흔들리지 말고
단숨에 가거라

묵은지 돼지갈비 찌개, 멸치볶음
어묵볶음 그리고……

아, 참
이 가을도 잊을라

고구마 줄기에 손 맛 보탠다

무사히 가야 할 텐 데
진언眞言처럼 되뇌이는 순간
택배보다 그리움이 먼저 달려가
딸네 집 초인종을 누른다

어미 손맛에 울먹일

네가 나를 살짝 흔든다

우체국 문 밖에서

휘청거리는 가을날

그리울 때는

그립다 보고싶다
목청껏 당신을 불러 봅니다

저 산 너머 계신가요
뭉개구름 위에 계신가요

크게 크게 더 크게 외치면
이 보고픈 마음 닿을까요

하늘 맞닿은 천왕봉 정상에
당신이 계심을 왜 몰랐을까요

애타게 그리워만 했지
찾아 나서지는 못했네요

이제 그리울 때 마다
여기저기 다니면서 불러 볼께요

왜?

깊은 성찰도 없이
생각의 끝을 자르고
내 안의 소리 들으려 하지 않는 아집

성급한 마음에
상처 철저히 헤집지 않아서
피해 갈 수 없는 공항이 온다

실타레 푸는 노동이 싫어서
피하고픈 마음 따라
그저 편하게 세월처럼 흐르다 보니

이제.
사소한 것부터 연습하리라
노동이 아닌 여행을 떠나리라

제6부

●

사랑에 젖고

●
●

그대의 향기

내 속 설레임을 당신은 아시나요

허니블레드 은은한 향기를
염색 때문이라 말하지 마세요

헛디뎌 휘청거릴까봐 슬쩍 팔짱끼면
아직도 당신은 쑥스러우신가요

때로는 그대 향기를 핑계 삼아
뻔뻔한 아내가 되기도 했죠

바이올린의 E, A, D, G 현을 켜는 빛바랜 이야기라도
활처럼 유연한 우리들 이야기는 다 좋았어요

꿈이 되게 할래요, 함께
숨 쉬는 먼 훗날까지

가을 몸짓

이쁜 눈길 주었더니
나만 바라보네요

고운 손길 만졌더니
나만 생각하래요

큰 웃음 주었더니
이 세상 행복 다 가지래요

내 마음
그대와 함께 더해지니
들판에는 복이 넘쳐나고
어느덧 가을이 꿈틀대고 있네요

젖고 젖어

봄비에 젖고
절(⼨) 향기에 젖고
추억의 노래에 또 젖는다

촉촉이 비를 맞는 청량사
돌담 옆 매화의 수줍음
안개 속에서 피어난다

산천은 봄비 젖고
법당은 부처의 온기에 젖고
그리움을 적시는 것은
흘러간 옛노래

당신의 바램

부어도 부어도 차지 않는
엄청난 큰 그릇인 줄만 알았습니다

퍼내도 퍼내도 줄지 않는
속 깊은 그릇인줄만 알았습니다

당신이 지켜야 했던 그 큰 자리
아파도 울 수 없던 그 모진 세월

팔순을 앞에 둔 이제 사
약하디 약한 모습이네요

합창단원들의 조화로운 화음처럼
당신의 바램대로 육남매가 화합하여
띠앗머리로 이어 가리다
내년에도 그 다음해도 쭈욱 ―

그대 목소리

세월은
그대 목소리를 시기했다

무대 장식은
스승과 제자의 화음으로 끝내고
불 꺼진 객석은
그의 목소리가 되돌아 와
환한 불꽃이기를 바랬다

노인이 청년같이 되기를 바란다면
꿈속에서나 가능한 일

나는 아득히 지나간 세월 앞에서
다시 소녀 되기를 바라면서
메어지는 가슴을 쓸어내린다

그냥

애궂은 돌 하나
파도 끝 향해 던져진다
풍덩 —
성큼 다가오는 수평선
하얀 안개꽃을 안았다
내가 입었던
하얀 자켓의 물방울무늬

첫 돌

아침 햇살 같은 너의 세계로
우리를 초대해준 아가야
베넷짓에 감동케 하고
온누리 행복 다 가져다 주더니
너의 옹알이가
어째 엄마 아빠를 부르는 것 같네

큰 세상을 향해 한발 내딛는 아가야
우리에게 온 너는 복덩이구나

너의 첫돌을 축하하러 온
먼 걸음마다 않고 온
많은 하객들 좀 봐

우리는 사랑의 눈으로 지켜볼 거야
그리고 지켜줄 거야
우뚝 서는 그날까지
윤하야! 사랑한 데이

아기요정

살랑살랑 바람 일으키는 작은 잎 나무
웃고 있는 저 잎사귀는
분명 요정이 와 있을 거야

땅위를 기어 다니는
개미를 신기해하고
공벌레도 지렁이도
마구 주무르며 놀아주는 너

바람 따라 오는 것은
맑은 너의 마음 때문이고
세 살배기 따라 온 것은
활짝 웃는 온 가족 웃음소리

문학기행

늦게 깨어나는 산허리의 안개를 보며
청명한 하루를 기대하며 차에 오른다

차창으로 보이는
이팝나무의 흐드러진 꽃모습
가로수로 보아도 아름답고
밥으로 보면 더 예쁘다

변산반도 파도소리
나혜석의 이야기
이응로의 이야기
수덕사 여승 이야기를
머리에 되새긴다

각자의 서정으로 추억을 다듬으며
집으로 돌아오는 길
차에서 내리는 순간
마음은 하나라고 할수록 더 허전라다

영화 사도思悼

울었다
왕과 세자의 정 때문에

따뜻한 눈길
다정한 말
허공으로 빛나가고
가혹한 형벌에 갇힌
절규의 운명

진실만으로 잡을 수 없는
뾰족한 작살
부자의 마음속에 꽂혔다

우리 사는 세상을 되돌아보고 싶다
작살은 누가 만들었을까
또 보고픈 영화 "사도"

어느 신명난 합창단

식구 줄어 단출한 살림 좋다며
차곡차곡 갈무리 해 두더니
시집 간 딸 온다니까
살짝 꺼내 바깥나들이 시키네

일제히 큰 잎 벌려 도 레 미 송
화음 맞춘 냄비들의 교향시交響詩
알토 소프라노 골고루 눈길 주며
국자지휘봉 들고 신명 난 친정엄마

오늘 같은 날은
신나는 날
즐거운 날
살맛나는 날이다

삶의 여유와 귀향의 시학

정영자
(문학평론가, 한국문인협회 고문)

　부산에서 같이 문학활동을 하며 교류하던 남경숙 시인이 부산을 떠난다고 할 때 우리는 송별연을 하지 않았다. 부산과 대구의 거리는 한 시간, 아침에 떠나서 점심을 먹고 놀다가 다시 저녁에 돌아와서 볼 일을 충분히 볼 수 있는 거리에 있기 때문이고 그가 잠시 고향으로 귀환했지만 언제라도 다시 이 곳으로 돌아 올 수 있는 가능성을 기대하였기 때문이다.

　그의 이미지는 우리 할머니대의 사대부 집안의 선비정신까지 가진 곧고 바르며 모성적이고 여성적인 것이 쉽게 나타나지 않는 내공을 가진 단단함을 풍긴다. 사실 그는 가볍게 말하고 행동하는 형이 아닌 믿음직하고 변하지 않는 세상과 사람에 대한 무한한 신뢰를 바탕으로 살아 온 시인이다. 때문에 그의 시는 반듯한 자신의 삶을 시로 형상화 시키되 간결하고 직설적인 방법의 정공법으로 나간다.

　현란한 수식이나 어슬픈 정한의 세계를 노출하지도 않는다. 세상과 사물에 대한 사실성을 담담하게 표현하고 있을 뿐이다. 그의 시는 읽혀지는 것이 아니라 자연스럽게 스며들게 하는 진정성이 그 생명이다.

1. 귀향의 의미―삶의 뒤안에서

대낮인데도 이리 캄캄한 것은
눈물이 고여 보이지 않기 때문이다

어찌 이리 고요한가 했더니
심장이 멎어 들리지 않았음이다

삼십여 년 타향살이 했다고
왠지 고향 찾는 발길이 어설프다

듬성듬성한 흰 머리카락
화환처럼 덮어쓰니 아는 이 없다

그래도 무너진 돌담 사이로 들어가
무쇠솥 아궁이에 군불 지피는 마음

금의환향이라 불러주면 참 좋으련만
몰라줘도 따뜻한 내 고향 그 냄새

― 「귀향별곡」 전문

고향 대구에서 자라고 공부하여 동향의 남편을 만나 고향을 떠나 객지인 부산에서 30여년의 세월을 보냈다. 남편이 하던 사업에서 은퇴하고 무르익어 가던 자신의 창작활동을 시작한 곳인 부산에서 칭찬받고 살던 즈음 객지생활을 접고 다시 귀향한 심정을 형상화시키고 있는 〈귀향별곡〉은 내공의 단단함을 그대로 보여주고 있다. "대낮인데도 이리 캄캄한 것은/눈물이 고여 보이지 않기 때문이다"라는 고향에 이른 감격스러운 재회와 "어찌 이리 고요한가 했더니/심장이 멎어 들리지 않았음이다"라는 처연한 서정의 묘사는 서정의 객관성을 그대로 보여준다. 무쇠솥 아궁이에 군불지피던 따뜻한 고향과 고향의 냄새에 시각적 이미지와 후각적 이미지를 함께 형상화시키는 탁월함을 볼 수 있다. 이제 그의 시는 발효의 시간대에 진입한 것이다.

2. 자존적 삶에대한 무한한 신뢰

밤새 잠 설쳐 느린 걸음으로 오는데
저만치 기차는 눈 비비며 달려간다

연꽃 터지는 소리 들으려 왔는데
튼실한 연밥만이 말없이 반겨주네

시기를 놓쳤다고 나무라는 사이
보란 듯이 궂은 비 내리고
나는 비를 맞는데
어찌 넌 우산을 쓰고 있네

이 비에 씻기고 씻겨야
몸과 마음도 맑아 질 거야
내년에는 펑펑 연꽃 터지는 소리
꼭 들을 수 있겠네

– 「연꽃 터지는 소리」 전문

새벽에 연꽃 터지는 소리를 듣는다는 것은 천지 우주의 소리를 접하는 것과 같다. 아직도 그 소리를 듣지 못한 사람들에게는 권하고 싶은 일이다. 아마도 남경숙시인도 그 서정적 독려와 우주와 접신하는 광경에 대한 내 이야기에 매료되어 한번 쯤 마음먹고 연꽃밭으로 갔었는지 모른다. 그러나 이미 때는 늦어 연꽃은 지고 연밥이 익어 가는 때를 만난 것 같다. 그러나 그의 시의 묘미는 어긋남에 대한 회한이나 어리석음에 대한 매몰이 아니라 그대로를 즐기면서 다시 내년을 기약하며 내리는 비를 보고 씻기고 씻겨야 비로소 몸과 마음도 맑아질 수 있다는 사유 하나를 안고 돌아 온다. 연꽃 피는 소리를 듣지 못했지만 득음의 철학 하나를 건지고 온 것이다. 이와 같은 이치는 세월 속에 발효된 〈그냥 다 좋다〉는 포용과 감사하는 행복에 이르는 성찰에 이른다. 커피도 잎차도 생수도 다 좋다는 그의 입고 먹는 행위, 보는 것에 대한 소소한 만족이 그의 삶의 폭을 넓혀준 지혜와 대덕의 삶이 그대로 놓여진다. "자갈밭에서 새털구름가지 나를 위해 있다"는 그의 긍정적인 시각은 지향 없는 애수에 정한의 여성적 삶의 질곡을 벗어나 생의 기쁨과 작은 일에 대한 감사로 가득하다. 그의 인생관이 그대로 나타나고 있다.

어느덧 예순을 넘고 보니
향 좋은 원두커피도
상큼한 잎차도
마시는 생수도
그냥 다 좋다

입는 것도
보는 것도
보석 꿰듯
다 알차고 중하다

욕심 낸다고 모든 게
다 이루어지는 게 아닌데

이순의 지혜를 고마워하며
가진 것에 감사하는 마음
소소한 행복도 알았다

발 디딘 자갈밭에서
저 먼 창공의 새털구름까지
나를 위해 있다는 게

그냥 다 좋다

- 「그냥 다 좋다」 전문

3. 발끝에서 꽃피는 시

미륵산 정상에서 보면 빛나지 않는 것이 없다
남망산 공원에서 보면 우뚝 선 이순신장군의 위용에서부
터
"공격하라" 외치는 목소리까지 이순신공원에서 듣는다

다도해는 출렁거림도 보석처럼 빛난다
그래서 통영도 빛이 난다

김약국의 딸을 탄생시킨 박경리를 따라가면 토지의 대장
정이 열리고
김춘수의 꽃을 떠라가면 나 또한 꽃처럼 누구의 꽃이 될
까

- 「통영거리」 전문

세상을 다 품은 산사의 향기에
후각이 득음에 들었다

단풍이 저절로 붉었을까
금강연은 저절로 맑은 물을 담았을까

고로쇠 나무에 메달린
앙증스런 연등도 귀 열고 즐거워 한다

지나가는 다람쥐 손뼉치는 소리에
한 소절 음향이 구름처럼 흩어진다

꽃단풍보다 더 고운 우리네들
도리천 정원 난다나를 만나
가을 속으로 빠진다
금강연 물속으로 빠진다

온통 다 빠져든다

– 「난다나 카페」 전문

시는 시인의 발끝에서 태어난다는 것은 산책에서 철학의 깊은
계곡이 만들어진다는 말과 같다. 때문에 장소의 시인, 현장의 시
인이 되어야 비로소 보이고 들리는 행위에 빠질 수 있다. 그러한
시공이 마감되더라도 때때로 회상의 시간을 돌려 상상력의 확대
속에 비로소 그날의 시공간은 재생되는 것이다. 여행 없이 어떻
게 새로운 세상과 조우할 수 있을 것인가.

남경숙 시인의 여행길은 그냥의 길이 아닌 영웅도 만나고 유명
한 문인들도 만나는 풍부한 인문학적 교양이 바탕 되고 있는 길
이다. 그래서 더욱 사유의 강물은 넘쳐나고 '후각이 득음'에 이르
는 경지에 이른다. 오대산 월정사의 〈난다나 카페〉에 바라본 오
대산의 단풍도 금강연의 물도 다 저절로 붉어지고 맑아진 것이

아닌 모든 것의 조화와 합일, 시간 속에서 이루어진 철학적 사유의 결과다. 시인의 시적 감수성은 단순한 삶의 혜안으로만 이루어진 것이 아닌 동심의 순수서정으로 더욱 빛난다. "다람쥐 손뼉치는 소리에/구름처럼 흩어지는" 소리까지 오대산 전나무 숲길을 연상시키는 스크린 적 기법도 원용되고 있다.

4. 곰삭은 세월의 여유, 모성적 따뜻함과 알뜰한 웃음

뽀송뽀송한 마른 빨래를 개며
룸메이트 팬티 색깔에 보내는 피식웃음
"고년 참 센스쟁이네"

여유롭게 차린 푸짐한 점심상
시선 사로잡는 교활한 웃음
"요새 이런 여자 돈 주고도 못 사지"

해넘이 보러 이기대를 다녀 온 후
단단해진 허벅지 보며 웃는 웃음
"아직 내 꿀벅지 싱싱하네"

- 「웃음 셋」 전문

시시한 시가 여기에 이르면 참 재미있고 즐겁다. 웃음 지으며 읽을 수 있는 시가 생산되지 않는 시대적 질곡을 우리는 첩첩으로 넘어왔다. 지금도 수난의 세월 속에 분노와 짜증이 말의 폭탄이 되고 빈정거림에 조롱까지 동원되면서 독자들을 잃어가고 있음을 우리는 알고 있다. 때때로 용감한 사회 비판시들이 속 시원

하게 하여 그나마 위로 한 줄을 주고 가는 신선함도 주기는 하였
지만 시가 무거워서 웃음 지을 수없는 문학사화학적 분위기에 살
아오기도 하였다. 남편의 색깔 있는 팬티를 정리하며 "고년 참 센
스쟁이네" 하며 여성적 뉘앙스를 전하는 이미지와 점심식사를 준
비한 시인을 바라보며 "요새 이런 여자 돈 주고도 못 사지"하며
던지는 감사와 넘치는 아부의 소리를 그대로 인용한 재치, "아직
내 꿀벅지 싱싱하네"하며 걷기운동이후의 근력을 자랑하는 남편
의 유쾌한 이야기를 시로 인용한 일상의 대화가 시로 변용된 특
성이 오히려 독자와의 거리를 좁혀주고 웃음 짓게 하는 여유를
준다.

어미가 밥상 차려
우체국 저울에 올린다
또르르, 또르르
흔들리는 눈금처럼 흔들리지 말고
단숨에 가거라

묵은지 돼지갈비 찌개, 멸치볶음
어묵볶음 그리고…

아, 참
이 가을도 잊을라

고구마 줄기에 손 맛 보탠다

무사히 가야 할텐데
진언眞言처럼 되뇌이는 순간
택배보다 그리움이 먼저 달려가

딸네집 초인종을 누른다

어미 손맛에 울먹일
네가 나를 살짝 흔든다
우체국 문 밖에서
휘청거리는 가을날

- 「우체국 밖에서」 전문

시로 읽는 편지다.

밥상 차리 듯 택배로 보내는 어머니의 지극 정성이 돋보이는 시 〈우체국 밖에서〉는 기도처럼 간절하다. 흔들리는 저울의 눈금처럼 흔들리지 말고 밥상 그대로를 전하고 싶은 염원이 담긴 시의 말은 그리움이 택배보다 더 빨리 딸네 집 초인종을 누르는 어느 화창한 가을날을 반추한다.

따뜻한 시인이지만 결코 가볍지 않고 자상하지만 넘치지 않는 가족과 세상에 보내는 사랑이 가득한 시들이 두 번째 시집의 특성이기도 하다.